KB128591

스물여섯 번의 사색과
두 번의 모방과
한 번의 경험

스물여섯 번의 사색과 두 번의 모방과 한 번의 경험

초 판 1쇄 2023년 10월 30일

지은이 나선미
펴낸이 류종렬

펴낸곳 미다스북스
본부장 임종익
편집장 이다경
책임진행 김가영, 신은서, 박유진, 윤가희, 윤서영, 이예나

등록 2001년 3월 21일 제2001-000040호
주소 서울시 마포구 양화로 133 서교타워 711호
전화 02) 322-7802~3
팩스 02) 6007-1845
블로그 http://blog.naver.com/midasbooks
전자주소 midasbooks@hanmail.net
페이스북 https://www.facebook.com/midasbooks425
인스타그램 https://www.instagram/midasbooks

© 나선미, 미다스북스 2023, *Printed in Korea*.

ISBN 979-11-6910-359-6 03810

값 16,800원

※ 파본은 본사나 구입하신 서점에서 교환해드립니다.
※ 이 책에 실린 모든 콘텐츠는 미다스북스가 저작권자와의 계약에 따라 발행한 것이
   므로 인용하시거나 참고하실 경우 반드시 본사의 허락을 받으셔야 합니다.

미다스북스는 다음세대에게 필요한 지혜와 교양을 생각합니다.

스물여섯 번의　두 번의　한 번의
사색과　모방과　경험

나선미 시집

미다스북스

머물 뿐이다.

어느 날에 너만이 거룩한 것이 되어

나는 너에게 향하지만

너에게 뛰어들지만

너에게 정착하려 할 테지만

어느 날엔 나는 너를 건너갈 것이다.

스물여섯 번의 좌절과 두 번의 죽음과

한 번의 희망으로, 나는 너를 건너갈 것이다.

빼어난 것들이 자주 눈에 띄어서

나는 너를 돌아보지도 않을 것이다.

날씨는 흐리고 사랑에 속았으며
우정은 멀어집니다.

제2부

그럼에도 우린 물에 빠진 사람처럼 살아갑시다.

제3부

물에 빠진 사람은
매순간 자기 자신을 위합니다.

제1부

날씨는 흐리고
사랑에 속았으며
우정은 멀어집니다.

고갯짓으로 불러보는

사랑이 아니어도 될 것을 사랑이라 부르고

멀리하면 좋을 것을 가까이 둔 채 살아왔다

대낮의 햇볕이 미처 다 말리지 못하여

습하고 뜸한 밤에는

사랑할 수 없는 것이라도 끌어와

사랑이라 불렀다

부르고 보니 나는

나에게 가장 가혹하구나

꾹꾹 눌러쓴 이름들이 차례 없이 걷는다

힘없이 불러 보지만

뒤돌아 마주치는 얼굴들이

하나같이 내 얼굴이다

도무지 사랑할 수 없는

고도의 고독감

밀린 연애를 한꺼번에 해치우고

간판 없는 맥줏집에 간다

여긴 간판이 없어서 좋고

너는 이름을 알려주지 않아서 좋다

아침부터 지구가 좁아진 기분이 들었다

못된 여자들이 못된 남자의 아이를

쓸데없이 많이 낳은 것 같은 기분이

없어도 될 어머니가 많고

있어야 할 아버지가 없는 기분

기분뿐인 것에 사로잡혀

몇 병의 맥주를 몇 갑의 담배를

몇 명의 애인을 갈아 치운다

크리스마스트리에 걸린

전구처럼 너는 몸을 가만두지 못하고

반짝반짝 흔들린다

나는 몇 병의 맥주를 몇 갑의 담배를

몇 명의 애인을 게워내는데

너는 내가 신기한 건지 지긋지긋한 건지

내 쪽으로 바람이 불 듯 반짝반짝 흔들린다

발광하는 몸은 언제나 아름답지만

로맨스는 잠시 미뤄두고

다시 기분뿐인 것에 빠져본다

저기 흔들리는 것이, 너인가 서울인가

그것도 아니면 나였는가 혹시 생애인가

호흡기가 점점 막혀들면서

젊음은 내게서 과분해진다

여긴 간판이 없어서 좋았는데

너랑은 아무 관계도 어울리지 않아서 좋았는데

하필 반짝반짝해서

고작 기분이 나빠서

너절한 가슴 한편에 이름표만 늘었다

도대체 몇 병의 맥주를 몇 갑의 담배를

몇 명의 애인을 한 생애에 걸어야 하나

환절기

망가진 식물을 만져보면

묘한 생각에 잠겨요

가끔 그런 생각을 합니다

그 사람은 나를 버리지 않았는데

나는 자꾸 도처에 버려지는 생각

발길 이르는 곳마다

매달릴 곳이 보여요

계절을 다 한 잎처럼

묶음

당신은 내가 하루 내내 숲속을 헤매다 만난 표지판 같다. 종종걸음 앞에서 힘들게 찾아낸 네 잎 클로버 같고 술집에서 마주친 먼 옛날 유행가 같고 죽은 사람의 컬러링 같다. 생각하려 애쓰면 생각나지 않더니 되레 잊으려면 꼭 한 번씩 떠오르는 사람이다. 당신을 사랑했던 사람들을 모아 당신 이야기를 하는 꿈을 꾸기도 했다. 그 사람은 파란색을 좋아하죠. 그렇죠. 그런데요, 하늘색은 그다지 좋아하지 않더라고요. 시답잖은 당신 이야기를 하며 공감을 얻고 싶었다. 그런 당신이 내게 지켜주고 싶다는 말을 했을 때 나는 침울했다. 가족도 나를 버릴 수 있다는 치욕을 겪었던 유년 시절에 당신을 알았더라면 지금 나의 몸은 깨끗했을 것인데. 그러나 당신이라고 나를 버리지 않을 거란 보장이 없으니 절망에 중독된 사람처럼 아픈 상상을 했다. 당신이 집을 나설 때마다 더는 이집에 사랑이 살고 있지 않는 상상을, 피곤하고 권태로운 눈빛을 볼 때마다 거울에 붙여둔 추억에서 파란 피가 흐르는 상상을. 자꾸 버려지다 보면 슬픔도 적응되지 않을까 싶었지만, 자꾸 버려지다 보면 자꾸 허름해질 뿐이었다. 되바라진 내 모습을 모르고 한없이 상냥한 당신이 내게 행복하게 해주고 싶단 말을 했을 때, 나는 처음으로 행복을 모방했다. 불행한 사람 만나 행복하게 해주려 애쓰지 말고 울지도 말고, 행복한 사람 만나 행복하게 살라는 말을 하고 싶었으나 할 수 없었다. 별 볼 일 없는 하늘 아래 별 볼 일 없이 눈을 끔뻑일 뿐이다. 당신은 도무지 나와 어울리지 않는구나. 가엾은 당신은 나와 어울릴 수가 없어. 나는 종교를 버린다. 빌어먹을 인생에 더는 기도할 것이 없다.

내 것인 줄 알았던

운명이 축적될수록

지붕이 기울고

노을이 맺혔다

고양이는 고양이대로 웃고

막내는 막내대로 웃었다

누나만 누나대로 웃지 않았다

고양이나 막내가 웃을 수 있는 유일한 방법이라는 듯이

누나에게만 웃을 일이 없었다

그렇지만 그래도

누나가 한 번씩 웃어주면

우리는 우리대로 편히 졸았다

꾸벅꾸벅 졸고 나면

새로운 막내가 태어나 있었다

엄마나 아빠는 각자의 운명으로 돌아갈 때가 많고

고양이는 고양이대로 집을 떠났다

둘째는 웃는 법만 배워서 생을 망쳤다

운명은 축적되기만 한다

무너질 듯 무너지지 않는 지붕

저 지붕이 무너지고 나면

고층 아파트가 들어설 거야

그렇지만 그래도

우리를 받아주진 않을 거다

막내는 막내대로 웃었다

노인만 남은 골목에

누나의 검은 머리카락이 뭉쳐 있다

검은 머리카락은 수거되지 않는다

둘째가 금이 간 담벼락을 베고

골목이 머잖아 망할 거라면서

망가진 손금을 만지작거렸다

우리의 것인 줄 알았던 황혼이 있었다

안개더미

고향으로 낙향하는 고속버스가

안개더미를 지난다

안개는 가득차서 느즈러졌다

저저마다 갈피가 모인

고속버스는 우등으로

안개더미를 누빈다

기름 냄새를 풍기던 사내는

할당량만큼 일기를 썼다

그날의 예보는 맑음이었다

사내는 안개더미에 휩쓸리며

어머니를 생각한다

어머니가 저 안개 속에

가득차서 느즈러진 안개 속에

한결같이 갇힌 기분을 아실까

가난은 무전이고

비극은 유전이니 알고 계실까

사내는 가정을 가져본 적이 없다

깊은 잠에 들어 꿈을 꾸던 계집은

뾰족한 식물을 닮았다

산 것인지 죽은 것인지 모를 선인장을 닮았다

목소리는 울컥 쏟아지는 수도꼭지를 닮았다

계집은 안개더미에 가라앉으며

아버지를 생각한다

아버지가 이 버스에

텅 비어서 사치스러운 버스에

나를 두고 내리고 싶은 기분을 아실까

청춘은 비문이고

청년은 미문이니 알고 계실까

계집은 자신을 가져본 적이 없다

아버지, 나라는 식물에 물을 그만 퍼붓지요

나는 물이 아니라 몸이 필요해요

고향으로 낙향하는 고속버스는

가도 가도 타향이었다

비망이라는 것은

이제 일상 같은 건 기록하지 않는다

무엇인가에 대한 글을 지을 뿐

누구인가에 대한 시를 지을 뿐

짓는 것은 꾸미는 것 맺는 것 허물 수도 있는 것

버려진 것들을 불러 모아

쓸모를 주는 것

더 이상 보이지 않는 것들은

청춘의 주먹처럼

꽉 찬 듯

텅 비어 있으니

일상에 없는 것들이

일상에 빈번히 참견해 왔다

이제 일상 같은 건 기록하지 않는다

보편적인 이야기

이야기가 결말에 치닫자 개는 심장에 밑줄을 긋고 싶었다

엔딩 크레디트가 서서히 올라갈 때

네 이름이 앞서 보였다

내가 가장 먼저 지나친 이름이었다

네가 지운 내 이름도 낯 뜨겁게 올라왔다

지운 줄 알았다만 끝내 지워지지 않았던 것이다

야간의 눈망울처럼 그 이름들도 결국 저물어 간다

도리어 열렬하던 빛이 끌려가는데 나는 헛헛해야 하는데

어째선지 저 암막 속에서 나를 부르는 것 같다

저 암막 속에서 초인종 소리가 울리는 것 같다

저 암막 속에서, 아 나는 왜 여태 암막을 보는가

무엇이 내 빛을 가렸나

개는 나지막이 주위를 둘러보았다

어떤 것이 사라졌으니

어떤 것이 발생할 순간이었다

그러나 꼬리에 닿는 무엇이든

이제는 그만 미안하고 싶었다

마음을 여러 번 먹어

육신이 고달팠다 너무 오래된 이야기다

그럼에도 여기까지 끌고 온 것은 내가 아니었나

이야기의 중심에서 개는 목줄이 아닌 갈피를 걸고 싶다

서서히 폐기되는

오랜 시간, 들여다보는 사람 하나 없어

굳이 마음에 없는 사람을 생각했고

'널 생각해'를 '너를 사랑해'로 말한 적이 있고

모르는 것을 모르는 채로 끌어당겼다

상황이 사건으로 치닫는데

주저앉아 넋 놓을 때가 많았고

후회를 경력처럼 주절거렸으며

참회를 짐승처럼 흐느꼈다

서서히 수몰되는 나 자신을

이해하지 못하면서

마음에도 없는 사람을 이해하려 애썼다

기어이 그 사람이 겨냥하는 곳에 서서

하나 남은 볼링 핀처럼

가뿐하게 쓰러질 때도 나는

나를 바라보는 그 허한 눈을

끝내 놓지 못했다

자신이라는 것은 그렇게

맹랑하게 잃기도 하는 것이다

도시괴담

윗집이 빈집이 되면서

귀를 기울이는 습관이 생긴다

짐을 옮기는 데는

승합차 하나면 되었다

승합차가 떠나자

주차장이 비었다

습관처럼 귀를 기울인다

이사를 가는 사람은 있는데

이사를 오는 사람은 없는

이상야릇한 빌라에

수레 소리가 울린다

승합차보다 두껍고 묵직한 소음

택배원이 오는 소리를 들었지만

나가는 소리는 들을 수 없다

새벽마다 엘리베이터가 꼭대기로 올라가서

내려오지 않았다 공실은 늘어간다

빌라는 점점 좁아져

강아지는 접시 위에서 잤다

매트리스를 반으로 접어야 했다

애인이 누르는 초인종 소리를

못 들은 체했다

승합차의 빨간 전조등 빛이

창문으로 들어오면서

온 방안이 불길에 휩싸인다

나는 뒷걸음질을 치다가

집을 비운다

귀가

아버지가 집 나간 지

사 년 만에 잡아 온 물고기

오동통 기름진 몸통에

스카프처럼 화사한 비늘

립스틱 묻은 꽁초처럼

핏물이 번진 눈깔을 치켜뜬

반질반질 찰진 물고기

뼈에 붙은 살에서

달콤한 맛이나

두 손에 들고 허둥지둥

먹고 있으니

육십 일 만에 집에 온 언니가

무얼 먹고 있느냐 묻는다

집 나갔던 아버지가 사 년 만에

철도 앞 강가에서 잡아온 물고기야

말과 말 사이에 손가락을 핥아 먹는

내게 소리 지르는 언니

거긴 엄마가 뛰어내린 강이잖아

떠나는 것들에게 경배를

시절에 대한 시를

시민에 대한 시를

시도에 대한 시를

시선에 대한 시를

시말에 대한 시를

시시한 것의 시를

시적인 시를

시를 쓰도록 하지

시간이 없음으로

시를 쪼개 쓰도록 하지

더불어 같은 생각을 한다

여지없이 떠오른 그들에게

이 모든 시상들을 앞서고는

어딜 가느냐 물어보려다 고갤 돌린다

어차피 돌아오는 길은 아닐 것이다

평소대로 나는 혼자 남아

시를 쓰도록 하지

청취자 H

죽이고 죽었던 그때를 떠올리면요

네, 아직도 따귀가 간지러워요

허무할 때마다 공포에 질렸어요

몽둥이질에 온몸이 깨졌던 날도

하늘은 유독 다정했고요

나는 산산조각 난 채로

바닥에 볼을 맞대고 하늘을 봤습니다

하늘이 아무리 명랑하고 아름다운들

저에겐 우주선이 없었습니다

신의 형상을 물어보셨을 때

눈알 속으로 아비가 떠올랐어요

지옥에서나 볼 법한 신이랍니다

아비의 동공이 쪼그라드는 날이면

공원으로 가서 울퉁불퉁한 들꽃을

다림질하듯 꾹꾹 걸었어요

악으로 태어난 주제에

선하게 살아서 뭐하나 싶어서요

돌아보면, 생이 실패고 삶이 허무네요

실패가 패배는 아니란 것쯤은 알고 있고요

사는 법을 다시 배우기로 하죠

허무할 때마다 단념하기로 합니다

열심히 살던 버릇으로 열심히 죽기로

아니 열심히 죽이기로 합시다

공포에 질린 얼굴을 보면요

아뇨, 이제는 침이 고여요

적

아세요

그늘에 서면 그늘이 보이지 않고

빛에 서면 빛이 보이지 않습니다

소년은 소년을 사랑하지 않았고

여전히 그이는 그이를 사랑하지 않습니다

저녁마다 그이의 눈을 바라보려면

마음의 준비를 해야 합니다

그 눈을 보면

내가 가진 슬픔은 거의 저버리게 되니까요

아무것도 소용없게 되니까요

그이는 천국도 지옥도 믿지 않습니다

환생도 구원도 믿지 않아요

오로지 구천 원짜리 시집을 믿는 듯합니다

그이는 웃기도 하고

경청도 하지만 엉망인 내 모습을

지켜주기도 하지만 울지는 않아요

말하자면 절박함이 없습니다

그이에겐 나약한 면이 있지만

반대로 악착같은 면도 있습니다

그이는 죽고 싶지만

절대 죽지는 않습니다

B컷

우리가 나란히 누워 서로를 보았을 때

내게는 삶이 꾸역꾸역 밀려오는데

네게는 죽음이 뚜벅뚜벅 걸어왔지

헤어짐이 이래도 되는 걸까

고맙기만 해서 미안한 감정이

사랑이란 감정을 이겨버렸을 때

너는 더 이상 나에게 들을 말이 없음을 깨달았지만

하고 싶은 말이 있었어, 우리 부모님도 이렇게 끝났거든

허공을 버티는 것들에겐 자막이 없고

네 이름이 아직 혀끝에서 굴려지는데

누가 자꾸 컷을 외치는 거니

용서가 이래도 되는 걸까

미안해 다음으로 괜찮아가 오는 게 아니라

괜찮지 않아도 괜찮을 때 비로소 용서인 거잖아

이제 내가 없는 곳에서 너는

나와의 추억을 안줏거리 삼을 수도

죽고 싶다고 죽어버릴 수도

우편함을 얼쩡거릴 수도 없을 텐데

너랑 내가, 사랑했던 사람들이 그렇게 살아버려도 되는 거니

세상을 떠도는 분실물

사람의 심중에 사랑은 한정적일까

한 사람에게 모두 모아 사랑을 다 써버린 나머지

여름날을 쓸쓸히 보내는 사람을 보았다

새로이 사랑하는 감정이 커질 듯하다가

커질 듯한 순간에 그치고 만다

왜일까 슬퍼하는 너를 안아주는 방법을 알지만

외로운 너에게 전화를 걸거나

함께 밤을 보내는 방법을 알지만

구원자는 끝내 구원 받지 못하고 늙어버릴 것 같다

우리 깊은 바다

웃음을 보면 웃음이 나고

사랑스러운 것을 보면 사랑을 하게 되죠

용감한 것을 보면 용감해지고 싶고

슬픈 것을 보면 슬퍼지는 것처럼요

오빠를 보면 죽고 싶어지는 이 마음을

죽이고 싶을 때가 많아요

새벽에 받아 온 심해어를 정오에 꺼내

칼등으로 비닐을 벗기면서

먹을 땐 생선이라 부르고

풀어줄 땐 물고기라 부르자고 하셨죠

각오할게요 오빠를 생각하는

내 마음은 생선이라 부르고

오빠를 물고기라 부르기로 할게요

러브 온 러브

한 사람에게서 다른 차원을 엿보는 일

너는 안간힘을 다해 태연하고

너의 낙관은 너무 달아서 씁쓸한 정도

나는 그것에 대한 마음을 오랫동안 쓴다

그것은 신앙이 되었다가 재난이 되었다가

사랑으로 포장된다

소설은 여러 번 고쳐지고

미술은 여러 번 침해 되지만

허름해지는 그것을 난 지극히 아꼈으니

호감일수록 닮는 걸까 닮는 걸까

너는 너희 아버지를 닮아서 슬프고

나는 너의 슬픈 언어를 버릇처럼 따르지만

너 한사람 생에서 반사된 단어가

간질간질 속을 태우며 오역된다

이것은 내 차원의 한계일 것이다

너의 진리는 겨우 너의 진리일 뿐

나에게 와닿지 못하고

내가 너를 사랑함은 나의 일이라

너에게 가닿지 못하니

다만 인간계의 한계일 것이다

차원이 다른 누군가를 닮아 간다는 것은

나 자신이 닳는 일일까

살릴 수도 있었지만 죽이기로 한 역할처럼

너는 숨이 붙은 채로 죽은 이름이 되었고

나는 죽어서 산 사람 모사를 곧잘 했다

타인의 삶

나는 당신이 내게서 영영 사라졌으면 하면서도

사라져가는 당신을 각별히 주시하는 사람입니다

당신이 사흘에 한 번 꼴로 입던 청바지의 표정은

집요한 슬픔입니다

당신 손차양으로 생긴 콧잔등의 그늘은

날카로운 것에 스친 듯 어리둥절합니다

당신의 코와 입에서 동시에 뱉어지는

담배 연기의 표정은

피해 의식에 사로잡힌 절망입니다

당신은 점차 넓은 보폭으로 사라지고

남겨진 슬픔과 당혹, 절망 같은 것이

길에서 죽어갑니다

그것은 몸부림도 없이 녹아 흐르는 모양새군요

나는 점차 사라지는 당신을 각별히 주시하는 사람입니다

덩달아 슬프면서도 당혹스럽게

오직 절망으로, 날마다 나는

당신보다 더 당신인 채로 살았습니다

이끼의 몸집

궁금했던 적은 없어

책상 위에 떡하니 올려둔 네 일기장 같은 거

한 번도 펼쳐보고 싶었던 적이 없었어

예쁜 것을 보면 나를 떠올리는 네가 귀찮고

맛있는 것을 찾았다며 나를 끌고 가는 네가 부담스러워

네 취향이 가득 담긴 플레이리스트는 열어본 적이 없고

너를 만나러 가는 길에 아끼는 향수를 뿌린 적도 없었어

아직도 사랑 같은 게 대단하고 설레고 그러니, 너는

사랑함은 무서운 거고 사랑하지 않음은 무거운 걸까

너는 내 마음이 두렵겠지만

나는 네 마음이 버거울 때가 많았다

네가 몸이 아프다고 나를 찾았던 날

약국에서 여러 진통제를 사 가곤 했지

약봉지를 들고 너는 솜털처럼 울었어

따질 거 다 따져가며 하는 사랑보다

이런 조건 없는 다정함이 못된 거라고

나는 잘못된 사랑의 주파수를 맞추고

이명 같은 청춘도 청춘일까 하는 생각을 씹으며

우는 사람에게 미지근한 물을 떠다 주는 어른이 됐어

재킷의 안쪽에서 나오는 붕어빵 같은 사랑

당연하지 않은 걸 당연시 만드는 사랑

모르는 낭만을 어물쩍 흉내 낼 순 있었지

이런 것도 사랑이라면 할 말이 없어지는 거야

둘이 되고 싶었지만 꼭 네가 아니어도 됐으니까

저마다의 다락방

몇몇 여자와 몇 남자가 다녀갈수록

침실은 단조롭고

다락방은 난해해진다

누구나 아는 침실이 단조로울수록

그 누구도 모르는 다락방을 서성였다

차곡차곡 쌓을 틈도 없이

얼키설키 엉켜

알아들을 수 없는 감정 무더기

무게 없는 기억에 짓눌리는 시간 같은,

나쁜 것을 빼앗기고

좋은 것을 빼앗아도

어림없는 상실감 같은 것들을 보면서

저주와 닮은 상념을

놓지 못하는 우리는 낭패다

그러한 우리가 다락방에 사로잡혀

예술을 하는 것은

드러내기 위한 것이 아닌

숨기기 위한 것일지도 모른다

전문

가려지지 않는 불행을 언니의 애정으로 덮으려던 적이 있
었어
이제는 그 애정이 도무지 가려지지 않네 꼭 불행처럼 어두
워서 사람들은 이게 애정인 줄 몰라
보고 싶지만 좋은 꼴은 못 볼 거 같아서, 결코 보고 싶지
않은 적 있어? 엄마가 보고 싶은데 그게 우리 엄마는 아닌
거 같아
언니가 보고 싶지만 그 한 번의 만남을 나는 오랫동안 감
당할 수 없을 거야

언니 말이 맞아, 나는 이기적이고 못됐어
나를 위한 기도를 하면서도 착한 언니의 이름을 넣으며 목
소리에 힘을 주기도 해 익숙하고 능란하게, 흘러가듯 살기
를 기도하면서

대단히 옳은 것까지 바라고 싶지 않아

바라고 나면 사는 일이 더 할 수 없이 슬퍼질 테니까

작가가 되고 싶다 하면서도 작품은커녕 제대로 된 습작도 남겨둔 적 없었지

난 내 가망을 조용히 품고만 있는 걸 즐겨

볼품없는 글이래도 쥐고 있기만 하면 언제든 나아질 수 있을 것 같았거든

언제든 나아질 수 있다고 믿으면서도, 삶이 나아가는 건 여전히 두렵네

언니의 애정을 떠나겠다는 결심이 내 삶을 나아가게 할 줄 알았어

받기만 할 뿐 줄 수 있는 애정이 없다는 게, 그게 얼마나 표절뿐인 인생 같은지

견딜 수 없었어, 불투명한 넋에 애정을 채워 넣는 언니가 불쌍해 죽겠어서, 견디고 싶지 않았어

어쩌다 정체된 채로 흘러가듯 살기를 기도하고 있는 걸까, 나는

사람들은 믿음이 있어서 기도를 하는 게 아니야 오히려 불신인 까닭이겠지

하고 싶은 말은 많은데, 할 수 있는 말이라고는 어디에도 없어서

나도 뜬 눈으로 기도하는 밤이 많았어, 언니처럼

아침은 없었어 눈을 뜨면 저녁이 되어갈 뿐, 언니도 나처럼 그래?

자꾸 건너뛰어 버릇해서 세상이 낯 설 때가 많아?

나 자신이 너무 낯설어서 어떤 날엔 거울을 볼 수가 없어

나의 물질과 비물질이 어울릴 수 없이 따로 놀 때,

그럴 때면 밝기만 한 것에 대해서 쓰고 싶었어

쓰지 않으면 존재하지 않는 것이니까

밝기만 한

언니, 눈이 부실 정도로 밝은 것 말고

은은하고 따뜻한 새날같이 밝은 것, 언니

그랬던 사람들도 결국 숨어서 울고 있다는 말을

숨어서 쓰고 싶었어

기도를 마치겠습니다

선량한 소에게 맞아 죽은

투우사의 머릿수만큼

가진 이름이 많았다

문방구 앞에서 걔는 가위를 들고

내 머리카락을 잘라갔다

마귀 자식의 검은 머리카락이

소원을 이뤄준다는 말을 두고 갔다

덩그러니 남은 말이 귀에 붙어 떨어지지 않았다

할머니가 코를 골기 시작하면

요강을 등지고 무릎을 꿇었다

공원에서 전도사가 준 초코파이를 두고

언니가 엿들을까 소리 없이

이름을 아멘으로 덮어버렸다

다음 날 복도에서

누군가 후레자식이라고 외치는데

무심코 고개가 돌아갔다

걔는 해맑은 얼굴로 내 고개를 붙잡았다

웃어봐, 그러면 나는 눈물이 핑 돌 듯 웃었다

세숫대야에 찬물을 채운다

큰 소리로 기도하기 위해

찬물을 더 세게 튼다

오늘날

오늘날의 기도를

기도를 시작하겠습니다

제 인생이

망하게 해주십시오

지금보다 더

더 철저하게 망해버려서

감당 못 할 만큼 망해버려서

희망 같은 것을

도무지 품지 못하게 하시고

눈을 뜨면

정말 후레자식이 돼있거나

마귀의 자식이 돼 있게 하십시오

가짜 같은 건 도무지 참을 수가 없습니다

여름방학

여름 햇살 아래 모든 것들은

상처를 입는다

라는 말을 여름 햇살 아래

그 아래

조금 더 아래

응달에서 썼다

너희들은 빨갛게

익어서 어떡하니

나는 하얗게 시들어 가는데

너희는 어떡하니

어머니 저들을 어쩌면 좋아요 나는 하얗게

시들어만 가는데

홀몸의 역사

이제 머문 곳은 그만 잊고
머물러야 할 곳을 생각할 시간이었다

반찬을 해주겠다는
엄마의 말이 귓가에 윙윙
차마 알아들을 수 없고
아빠의 짙은 농도가 윙윙
피부 속을 흐르기만 할 때
나는 어항 속에서 어항을 주문한다
습관적으로 살아갈 곳을 마련한다

물처럼 말을 삼키다 보면
세상은 한 뼘씩 끝나가고
손과 발부터 차갑게 식어간다

때마다 어항 속을 온수로 채워 보지만

뒷머리에서 철없이 식어간다

당신이 지나갈 때마다 나는 부끄러웠다

이제 떠난 것은 그만 잊고

떠날 것을 생각할 시간이었다

가만 생각해 본다 나는 예술가였나 근로자였나

시를 떠나야 하나

시를 붙잡던 마음을 떠나야 하나

제2부

그럼에도 우린
물에 빠진
사람처럼
살아갑시다.

블랙시네마

간절하다가도 허무해지는 얼굴을 버티고 서 있다

여러 색을 칠해 기어이 검어진 인생이

하나의 긴 시네마였다면

감독도 관객도 전부 자신이어서

오직 자신의 지휘 아래서만 망가질 수 있다면

모든 감정은 재해석될 것이다

문득 그대는 잠꼬대하듯 사랑을 말하고

정신이 번쩍 들 때마다 주워 담았다

우리가 시네마라면

웃는 모습도 우는 모습도

비눗방울처럼 솔직할 수 있었을까

몇 번이고 돌려보고 싶은 장면이

내게도 있다

그대는 멈추고 나는 정지된 순간을

마음껏 망설이고 싶은 장면이

무탈하십니까?

알게 모르게 몸 아무 곳에나 자리 잡은

기억나지 않는 흉터들

이렇다 할 명분도 없이 내 것이 되어버린 상흔들

그늘에 앉아 아무 말이나 내뱉던 엄마가 준 것도 있고

의심스러웠지만 믿어야 했던 박 실장이 준 것도 있고

유난히 습한 옛사랑이 준 것도 있으며

눈망울이 하얗게 샌 개가 준 것도 있지만

내게 묻었던 지문 중에

가장 미로 같은 건 너뿐이다

어렴풋한 그림자 같은 흔적으로

끝끝내 아쉽기만 한 건

너밖에 없다

응답기에 메시지를 남겼지만 다시는 응답이 오지 않을 것이다

잘 지내니, 들었어 이 년 전에

서울로 시집갔다면서,

남자는 안 만날 거라더니

전화했었어, 이 년 전 그날

며칠째 눈이 그치질 않았거든

눈 오는 날을 싫어했잖아 너,

나는 엎드려 눈을 맞으면서

밤새 네가 없는 치욕을 버텨냈어

잠들지 않고, 처음으로 이겼어 그날

그리고 너한테 전화한 거야

혹시나 했는데, 진짜 안 받더라고

기뻤어 내 번호를 안 지웠다는 거니까

베스트셀러가 됐어, 운이 좋았지

어떤 사람들은 있잖아, 뭐라더라,

이런 사랑을 한 번 받아봤으면

하는 사람들도 있고, 웃기지

알잖아, 너는 봤잖아

손목 한 번 잡혀보자고

손목을 잘라버린 날들

그게 어떻게 사랑이 될 수 있겠니

전해 들었어, 이혼 준비 중이라고

아직도 시 쓰니? 얘,

요즘도 남의 무릎 사이에서 시를 쓰니?

나한테도 써줬어 너, 눈이 펑펑 내리던 날

난 그게 표절이란 걸 알고 있었어

저기 말이야, 나는 사실

사는 게 너무 좋다

너무 좋아서, 열 번 중에 열 번은 다

살기 위해 죽었는데

그랬는데, 미안하다 내가

시발 죽다 살아나도 변한 게 없어서

이게 마지막이야

다시는

다시는 연락하지 않으마

오늘의 운세

나의 운세는

아침에 들려오는 당신 목소리

당신 말투로 알 수 있지

싱그러운 그 표정에

종일 웃음이 나

또 어떤 날에는

종일 앓아도 봤네

네가 와인을 꺼내 재떨이에 쏟았어

공원에 가기로 했었는데 결국 편의점으로 갔지

편의점에서 맥주를 마시려다 집에 있는 와인이 생각난 거

야 집으로 가자, 이 말을 하는데

수상한 동그라미가 울대를 굴리는 것 같았어

한밤중의 쳇바퀴 같은 목소리가 먼저 계단에 굴러 떨어지

고 네가 앞장서서 걸었어

그거 알아? 네가 우리 집에 오면 벽마다 금이 가

오늘 밤은 정말 무너지고 말겠구나

순간 가슴이 널뛰었어

케이크에 초를 몇 개 붙여야 될까 망설인 건

딱 우리 동네 가로등 수만큼 붙여주고 싶어서였어

도리어 촛불 하나에 그슬리던 네 얼굴을 미워했지

아니, 뭐랄까, 울고 싶었어

슬픈 얼굴로 기도를 올리는 얼굴을 보고 있으면

금방이라도 울컥하고 쏟아질 것 같았어

우리의 창조주라 믿는 그 신

네가 믿는 그 신을 창조한 게 나라는 거 너는 모르지

너를 구원하기엔 세상이 너보다 밝지 않다는 것을 너는 모
르지

양의 세계

절름발이 양 한 마리가
축사를 벗어나
오르막길을
절뚝절뚝 오른다
그 오르막
제 아비의 묘인 줄 모르고

수풀을 헤치다
날름날름 뜯어 먹는다
그 수풀
제 아비의 한인 줄 모르고

밤 아래 보랏빛 석양이
축사를 가리킬 즈음

어린 양은 그 즈음에도

수명이 다 하지 않았으므로

모르는 척 절뚝절뚝

날름날름 아비를 향해

울부짖는다

묘인 줄 모르고

한인 줄 모르는 것은

먼 데서 돌아오지 않는

제 아비였던 것이다

우연한 운명

낯선 사람에게 얻은

라이터 같은 인연들

술에 취해 잃어버린

명함 같은 얼굴들

그러다가도

어느 날이면

소낙비를 피하려 숨어든 천막 아래에서

왈칵하고 떠오르는 어떤 인연

버스에서 우연히 들은 노랫소리에

덜컥 기억 나버린 어떤 얼굴

그러나 생각이 나면

생각이 날뿐

우리에게는 이제 아무런 힘이 없고

운명처럼 뉘엿뉘엿 저물어간다

공단의 저녁

잠이 달아난 밤이란

아침이 습격할 때까지

타들어가는 살을 바라보는 일이었다

시를 체감하는 것이 내키지 않는 저녁이 있었다

있었음으로 없다

기업은 청년을 자극하고

청년은 공원에서 회복한다

참담을 야기하는 친구를 데리고 막다른 골목으로 갔다

어쩌다 문학의 한 구절이 친구의 얼굴을 겨우 덮는다

찰나에 친구는 얼굴이 없었다

없었음으로 있다

아무리 친구를 위한 시를 개발해도

친구의 얼굴이 보이지 않았다

마침내 친구를 위한 시를 읊어줄 때에

친구는 내게 비즈니스맨이 다 되었다고 했다

폭우

비는 잔광처럼 내렸다 / 사람들의 목소리에서 모닥불 향이
났다 / 선배, 선배는 얼굴이 희고 예쁜데 / 그런데 불쌍해
요 / 담뱃불이 빗줄기에 꺼졌다 / 선배는 발각된 문신처럼
굳었다 / 물 컵을 엎지른 소리가 들렸는데 / 돌아보니 남
자애가 쏟아진 듯 누워있다 / 학우를 성녀와 / 창녀로 구
분 짓던 애였다 / 죽고 싶을 땐 어떡해요? / 남자가 물었고
/ 왜 죽으면 안 되는데? / 선배가 되물었다 / 그거야… 미
안하니까 / 누군가 대답했다 / 누구나 한 번쯤 품었던 구
절이다 / 그날 밤 / 선배에게 메시지가 왔다 / 그럼 미안한
생이 / 미안한 죽음보다 나은 것이냐고 / 선배의 컬러링은
/ 몸체에서 떨어진 바퀴가 / 세상 밖으로 추락하는 소리다
/ 데구루루… 하다가 뚝 / 연결이 끊기고 / 선배에게 다시
문자가 왔다 / 미안해서 죽지 못하는 것들 / 미안해서 죽
어버린 것들 / 난 그것들을 용서할 수가 없다 / 비가 그칠

듯 / 그치지 않는다

문득 괜찮아선 안 될 것 같은 기분이

그는 타는 목으로

기억의 우물 속에

동아줄을 내렸다

그러자

한여름 석양이

자신이 없는 가족사진이

처방전과 녹지 않는 알약이

시집 한 권이

불에 그슬린 졸업장이

찢어진 재킷이

1999년도 신문기사가

안녕과 안녕이

딸려왔다

우울이 길게

동아줄을 타고 내려

우물이 깊어진다

세월과 세월은 이어지지만

영혼은 이어지지 않았다

그는 스스로 괜찮다고 다독여보지만

문득 괜찮아선 안 될 것 같은 기분이 들었다

세상을 보다

세상은 아름답죠?

얼룩덜룩한 무늬가 피부색을 잡아먹고

계산된 소음이 온갖 음성을 방해하는

그곳을 가리고 본다면, 세상은 아름다운 거죠

드넓은 도시에 난만한 가정을 받아줄 곳은 없었고요

그 많은 아이들이 모서리에 매달릴수록

사람이 살기 위한 세상은 허물어졌지만요

똑똑한 어른들이 남루하고

허름한 세상을 잘 감췄기 때문에

세상은 아름답죠?

최초의 최후

동네의 끝이라 불리는

골목은 사방이 구멍이네

제대로 닫히지 않은 대문마다

죄의식이 비집고 나와

생계를 유지하는 눈구멍으로 흘러든다

기울어진 골목길

뒤돌아 도망친들

기울어진 골목길이다

악랄하고 아름다운 우리 세계는

이 골목길에서 태어났을지도 모른다

골목에서 겨우 죽은 것이

골목에서 재탄생될 때면

골목에선 눈 둘 곳이 없다

아버지

이 골목은 기울어질 뿐

무너지지 않으며

인간의 의지는 해맑아

잘못이라면 잘못인 것 같습니다

하얀 입술이 말문을 막는다

러브는 난센스네

민 부장이 말했다

달려도 달려도 달라지는 것은 없었네

머리칼을 질끈 묶은 택시기사가 말했다

여름을 똑바로 보면 여름이 없네?

하급생이 말했다

모나리자, 모나리자, 영역을 잃은 모나리자

병동의 예술가가 말했다

나의 감성은 자주 이성에게 의지하였네

박 노인이 말했다

쉿, 이빨 까지 마, 여긴 스크린 밖이야

공공의 입술이 말했다

전염병

입술을 물어뜯는 버릇을 가진 사람은

뜯기지 않은 반들반들한 입술에 반한다

때때로 자신의 손톱을 갉아먹는 사람은

갉을 틈이 없는 단정한 손에 이끌린다

결핍을 채우다 탈이 난 날에는

무탈한 남의 하루가 갖고 싶다

아무런 잘못이 없는

말끔하고 선명하며

진실한

이따금 그런 것을 바라보는

내 열등뿐인 눈동자와

사랑에 빠진 눈빛은

소름끼치도록 닮아 있다

별 볼 일 없이 작기만 한 나의 눈동자가

한 움큼

한 움큼씩 부풀어

당신의 낭랑한 밤을 꿀꺽

삼켜버릴지도 모른다

어느 날엔 우두커니 서서 입술을 뜯고

손톱을 꺾는 당신이

별 볼 일 없는 골목을 서성일지도 모른다

교차로에서

너는 달을 바라보고 있다

푸른 샤프를 물고 서서

너는 내일의 걱정을 끌어다 모아

오늘의 고까운 운수를 덮는다

운명을 똑바로 바라보면

운명은 흐르지 않아

너는 달을 바라보고 있다

너는 계속 중얼중얼, 뭐라더라?

달이 아름답다고?

저 달이 무얼 덮었는지는 모르면서

목격자를 찾습니다

어떤 젊음을 필사하고 있으면

새벽 세 시 사 차선 도로에 서 있는 기분이 든다

도로 옆에 오래된 모텔이 있는데

거긴 라이터가 아니라 성냥이 있어

성냥개비 좋아하니

난 좋아해

너, 사람이 불에 탈 때

눈빛이 마지막까지 살아 있는 거

알고 있었니

너 알면서 여기까지 온 거니

사람 눈이 영혼이더라

네 눈에는

작자 미상의 젊음 같은 게 있구나

이름 걸고 뛰어온 청춘들이

힘없이 낙서가 되는 순간

입에 문 담배가 추락하고

눈 맞추듯 입을 맞추는 장면이

지나치게 영적이다

누나는 이 그림이 더 예뻐요

웹툰 좋아하세요

저는 좋아해요

요즘 보는 게 있는데

거기 주인공이

누나랑 닮았어요

내일 우리 시장가요

가서 포도도 사고

핫도그도 먹고

폭죽이랑

라이터도 사요

애인이 울고불고

산에 불을 지른다 해도

저는 누나랑 있을게요

폭죽이 좋아요

불꽃놀이보다 낭만 있어

그냥 불난리는 어때

학교를 폐교로 만들어버리는 건 어때

길고양이가 쥐를 물어다

문 앞에 두고

그걸 사랑이라 하는 건 어때

순수한 건 나쁜 거 같아

세상이 촘촘할수록 더 나빠져

전 좋아요

누나랑 하는 나쁜 짓이 좋아요

오후 세 시 사 차선 도로에 현수막이 걸리고

더 이상 자막이 없었다

반 지하 영웅

창문을 열면

빨간 자동차 보닛이 보입니다

밤이 되면 라이트가 번쩍하고

캄캄한 방을 비춥니다

낮고 두꺼운 건물이 나를 지탱하고 서서

무거운 고개를 버티는 날이 잦습니다

운다고 해결되는 건 아니지만

무작정 버틴다는 건 어리석은 일이라고

당신이 그랬잖아요

그래서 저도 울어봤어요

이상했습니다

울음에 베개가 젖을수록

마음이 말라비틀어지는 기분이었습니다

잘못 살아왔다는 생각이 듭니다

실수로 사랑이라 적어놓고

아무것도 손에 쥐지 못한 채

빈손으로 한 세기를 보낸

시인의 이름을 불러봅니다

사랑을 사랑이라 부를 바에는

죽어버린 시인의 이름으로 부르려고요

저도요, 저도 모처럼 기회가 있었더라면

충분히 애틋한 관계가 있었을지도 모릅니다

하지만 저에게 기회란 도망뿐이 없었어요

고백할게요

물에 쓰는 교활한 사랑 시들은

전부 제가 듣고 싶은 말이었습니다

한 번도 해본 적 없는 말이었습니다

당신을 사랑할 수 없었던 것

나를 사랑하지 못했던 것

그때 가서 모든 걸 보복하기 위해

지금 넉넉하게 모욕해두겠습니다

누구처럼 누구만큼 누구보다

이 넝마 같은 것이 사랑인가

밤하늘의 빗금 같은 것이 사랑인가

악취 나는 예쁜 케이크가 사랑인가

곪아 있던 것이 터지면 그것이 사랑인가

유한한 이 별에서 이별을 모르는 것이 사랑인가

너는 사랑이었는가

신발을 벗고 옷을 벗고 우리 둘은

언제까지 사랑을 구별할 것인가

시집 삽니다

난 밤하늘을 무척 아끼지만요
시궁창에 고인 밤하늘 같은 시,
그런 건 읽고 싶지 않아요

기분에 의해 여름과 어울리는 샌들을 샀지만
계절감에 휩쓸리지 않는 시집은 없는 걸까요?

매번 사랑하는 것을 지극히 사랑하게 되지만
사랑이라곤 찾아볼 수 없는 시집은 없을까요?

꿀꺽, 하는 목젖이 가장 아름답지만요
삼켜지는 것 하나 없는 시집 없나요?

나야, 죽어도 상관없음의 연속이지만요

자살만은 절대 하지 않는 시집은 어디 없나요?

난 밤하늘을 무척 아끼지만요

더러운 진창에 고인 밤하늘은

금방이라도 사라질 것 같고요

나란 인간과 너무도 가깝습니다

꼭 한 몸처럼 너무도 가까워서

난 그런 걸 읽고 살 수가 없습니다

다정하게 굴 때마다 생각해, 언젠간 모든 게 망해버려 시시해질 날을

가볍게 얘기하고 싶었다

냄새가 좋다는 말

겨울이 참 잘 어울린다는 말

눈이 쌓이면 생각나더라는 말

목소리가 취향이라는 말을

가볍게 드러내고 싶었다

그러니까, 네가 한 번씩 말을 걸어올 때마다

나는 너에게 내 약점을 들려주고 싶었어

아무한테나 안 하는 거, 너한테 하고 싶었어

네가 있으면 잠이 잘 와

악몽도 안 꾸고

물 잔을 들고 침대로 걸어오는

너를 보고 있으면

갑자기 모든 게 망한 기분이 들어

네가 내 약점이 될지도 모른다는 생각이

우산 하나에 두 사람

여름비는 따뜻해

우산 하나에 두 사람을 보는 기분

그날, 우산 속에서 너와 함께 걸을 때

나는 내가 훔친 적 없는 일기장을

죽인 적 없는 시체를

말한 적 없는 거짓말을

네게 들킬 것 같은 불안에 휩싸였어

네가 뭔가를 알아챌까 봐

전전긍긍하면서, 그날의 거리 같은 건

기억나지 않을 만큼 두근거렸지

그런 기분 아니, 갑자기 내 눈앞에

네 눈이 존재하면 말이야

나는 분명 침실에서 잠들었는데

눈을 뜨니 사막인 기분이 들어

뜨겁고 겁이 나서 아무데도 못 가는 거야

빗방울이 어깨를 다 적시는데도

네 등 뒤로 술병을 던지자 사랑이 깨졌어

네가 우리 집 현관을 넘어올 때마다

베이비파우더 향은 와르르 쏟아져 흘러내려

네가 흥얼거릴 때마다 벽지는 떨어져 나가고

구슬픈 내 앞에서 네가 춤을 춰줄 때면

천장에서 별처럼 반짝이는 알약들이 흩날려

너 알고 있었니? 네가 우리 집에 들를 때마다

네 등 뒤에서 서서히 무너지는 우리 집을

나는 분노해야 하는데 사랑을 하고 있어

네 등 뒤로 술병을 던지자 사랑이 깨졌어

산산조각 난 사랑은 셀 수도 없이 많아지기만 했어

미상

이 작은 집에서 도망칠 곳이란 겨우 너뿐이라

네가 웃을 때면 나 그 웃음에 안겨 숨을 수밖에 없었네

교차된 평행 우주

어떤 우주에서는 네가

나를 무척이나 귀하게 여겨서

말끝마다 뚜렷한 애정이 똑똑 흐를 것이다

대단히 선명해서 도무지 헷갈릴 수 없는

그런 애정을, 나는 너에게서 받았을 것이다

그 우주에서는 우리

아침에 현관에서 헤어졌지만

저녁에는 같은 자리에 누워

서로의 하루를 다정히도 물었을 것이다

내가 마음 놓고 마음을 맡기기엔

이 별에서의 너는 너무도 교활하지만

어떤 우주에서는 풍경을 보듯

나를 바라보고 있을지도 모른다

거기선 그립고 쓸쓸한 이런 것이 아니라

비 오는 날의 풀잎처럼 산뜻한 시를 쓰겠지

그런 생각을 하면

홀몸을 견딜 수 없이

날씨가 맑게 느껴진다

단물은 상스럽고 정적은 뒤숭숭하다

어떤 말들은 과즙처럼 입가에 달콤하게 흐른다

아무 꿈도 꾸지 말고 잘 자라던 네 말에서

청사과 향이 풍겨왔다

졸지에 코끝이 찡해지고

입술이 끈적해져서

나는 아무 말도 할 수 없었다

악몽이 악몽임을 알게 된 순간 웃음이 번진다

이런 게 사랑이라면 백 번을 꾸고도 웃을 수 있을 것만 같

지만

내 사랑은 과즙처럼 입가에서 푹푹 썩어갈 뿐이다

초파리들이 하나둘 모여 내 사랑을 야금야금 훔쳐 갈 때

그 모습을 가만히 바라만 보다 놓치는 거

그런 게 내가 하는 사랑이다

이제 너의 입은 신파처럼 아무런 소식이 없다

받지 않으려 간직하는 번호가 있다

너는 여름을 여름답게 만드는 힘이 있다

네 손가락이 하늘을 가리키면

기후는 완전히 네 쪽으로 기운다

누구든 매혹적인 네 앞에선 무력해질 거라 믿었다

한때는 나도 네가 좋아하는 무언가가 되고 싶었다

네가 좋아하는 여름을 흉내 내고

네가 좋아하는 소설의 제목을 모방했지만

그럴수록 나는 나답기를 포기한 것이다

네 무구한 존재감에

시샘도 수치도 무력해지는 순간이 있었다

이제 나는 네 분위기를 피하고 싶다

빈틈없이 잊기 위해

너의 모든 걸 기억하고 있다

그렇고 그런 연애

사랑에 있어 의미가 중요하다면

연애는 의지가 중요한 것이었네요

그에게서 시가 되어줄 수는 없지만

그를 위해 시를 써줄 수는 있는 것처럼

헤어짐을 모르는 사람처럼 굴면서

제목까지 내어주진 않는 것처럼

연애는 낙원을 만들어 주는 것이고

그 낙원을 끝내 나락으로 떨구는 건

지지부진한 사랑이었던 것 같네요

눈동자에 뒷모습이 박혔다

눈동자에 뒷모습이 박혔다

이제 나는 뒷모습밖에 볼 수 없다

내가 수십 번 보고 수십 번 안았던 그 뒷모습

아득한 밤에 보면 내게 오는 것 같기도

절대 멀어지는 것 같기도 한 그 모습

애초 가질 수 없는 것을 가지려 한 벌일지도 모른다

눈동자에 뒷모습이 박혔다

저 어깨를 툭툭 치면 앞모습을 보여줄지도 모르나

어쩐지 내 손가락에 악취가 들어 그 어깨를 두드릴 수가

없다

너는 실컷 뒤돌아 걷다가 이내 뛰어간다

뛰어가는 네 뒷모습을 보고 있으면 비참해져

자잘한 뒷모습에 한 줄을 남기고 싶어진다

잡고 싶은 마음은 온전히 접을 테니 애,

넘어지지 않게 걸어서 멀어지렴

지극히 개인적인

긴 혀를 말아 넣은 입술 사이로

흘려주고 싶은 세계가 있었지만

사랑을 흉내 내기엔 하루하루 실재도 없이 아팠다

밤 열한 시가 넘으면 그랬다

너에게 흉기가 없어도

나에겐 고통이 생겼다

그 긴 혀에 새겨주고 싶은 기도가 있었지만

사랑을 흉내 내기엔 하루하루 주제도 없이 아팠다

너에겐 특히나 더 그랬다

아프고 아픈 것이 사랑이라 혼동될 때가 있었다

지금에서야 하는 말이지만

별이 잘 뜨지 않는 도시에

너라는 주제를 쏟아버린 바람에

하늘보다 바닥이 더 반짝인 밤이 있었고

그 불온한 밤에, 네 긴 혀에는 흉기가 없었지만

나에겐 너덜해질 만큼의 흠집이 생겼다

둘이어야 마땅할 것이지만

어쩐지 지극히 개인적인 연애사다

부정적 사고

저따위 재앙이란 것은 어떻게 저렇게 찬란할 수가 있는지

쟤는 왜 유독 아름답게 망가져서 아름답게 무너질 수 있는

지

어찌하여 우르르 쏟아진 모습마저 사랑스러울 수가 있는지

하느님, 우린 왜 같은 시궁창에서 다른 빛을 비추는 건가요

쟤는 크게 웃고 나는 작게 웃어서 그런 건가요

쟤는 다만 나쁜 짓을 나쁘게 저지르고 나는 그 모습마저

고달파서 그런 건가요

걔는 비를 맞아도 우르르 쏟아지는 백목련처럼 웃었다

나는 비를 맞는 것도 살가죽이 아파 울어버렸는데

걔가 우리 집에 들어오면 공룡알의 공룡처럼 가득차고

걔가 우리 집을 나서면 깨진 유리알처럼 위태롭다

다시 하느님, 그 하늘마저 쟤를 위해도 좋아요 그래도 나는

나는 안 잊으면 안 될까요

미라의 서랍

까만 밤에 엎질러진 작은 꽃잎을 보고 있으면

검붉은 핏덩이가 꼬들꼬들 말라 있는 것 같다

죽지 못해 사는 이들의 질투를 부르면서

또 누가 또 무얼 죽이고 갔을까

질투의 리듬을 가만 듣고 있으면

모기향에 취한 모기들이 바닥으로

고꾸라지는 울림과 닮아 있다

여름밤이 죽은 것들을 한꺼번에 말릴 때

나는 죽지 못해 사는 이들을 말린다

이제 이렇게 사는 짓은 그만 둡시다, 까맣게 말예요

하나둘 계절 끝으로 밀어내면서

조금씩 덜 아프기 위해

다치는 연습을 한다

제3부

물에 빠진 사람은
매순간 자기 자신을
위합니다.

불필요한 가설

홧김에 엎어버린 하루는

엎어진 채로 노여움을 삽니다

죄는 업으로 돌아선 지 오래지만

감사할 것과 미안할 것과

미워할 것과 용서할 것이

곰팡 슬 듯 잔뜩이어서

기도가 전부인 양 눈꺼풀을 덮었습니다

이렇게 살아도 되는 것인가 하는 의문과

이런 게 아니라는 의사를 덧붙이는 일이

생소한 것 같으면서도 진저리가 나

반 평짜리 햇살에 서서

전생을 의심하곤 했습니다

그럴수록 욕망이나 욕구 따위가

귀찮게 느껴지고

사랑하는 일을 저버리게 됐습니다

더욱이 미안한 이름은 그림자처럼

하루에 넓게 늘어지니

그저 움직이거나 멈춰 서

자주 눈꺼풀을 덮었습니다

나는 나대로 주관하고

신은 신대로 방관하다

나는 신처럼 기도만이 전부가 된 것입니다

홧김에 엎질러진 세계는

엎질러진 채로 노여움을 불렀습니다

전생에 굶어죽은 이들은

숨이 붙은 채로 머리기사로 쓰였고요

그야말로

세상에 불필요한 신은

나였을지도 모르겠습니다

새우 머리를 먹는 여자와 새우 꼬리를 먹는 여자

자기야 난 자기를 아주 사랑하면서도

자기혐오에 녹아 얼굴이 반쪽이 됐어

왜일까, 내가 틀렸다는 생각에 구역질이 나올 때마다

나는 나의 몇 가지를 고쳐보지만

고작 네가 되었고

자기도 그래,

너의 몇 가지를 고쳐 보지만 기껏해야 나 같아 보여

발버둥 쳐서 닿은 곳이 겨우 벼랑이라면

차라리 발치 아래 추락 지점을 응시하게 되지

그랬는데 우리

아직도 살아서 헛소리를 해대네

그럼에도 우린 죽지도 않고 별 소릴 다 해

오늘도 할 말이야 차고 넘치지만

왠지 할 말 없음으로 무마하고 싶고

서둘러 집에 가야 할 거 같지

저 친구는 나를 우스꽝스럽게 보고

저 언니는 내가 가볍고 유약하다 하지만

모르겠어, 자기는 알겠지

나도 처음부터 이런 모양은 아니었거든

단지 좀 살아보려다가

어떻게든 다시 살아내려다,

그렇게라도 살아가려다

이런 꼴이 되어버린 것을

자기야 됐어, 남 보기 흉하면 어때

남 보기 흉한 채로 살면 돼

서로가 서로의 주인공은 아니지만

김의 젊고 가파른 시절의 주인공이 나는 아니겠지만

여기 뜨겁고 아린 계절의 주인공이 우리가 될 순 없겠지만

여섯 평 남짓한 자취방에서 김은 눈에 띄게 반짝이고

나는 그 곁을 찰랑였다 넘칠 듯 넘치지 않게

가파르다는 것을 기울었다고도 할 수 있을까

아리다는 것을 애매한 행복이자 불행이라고도 할 수 있나

나는 김에게 보기 좋게 미끄러져 복잡한 무언가로 자리 잡

겠으나

김의 이름 한 줄도 외지 못한다

어떤 하룻밤은 지난 세월을 충분히 이겨내고

어떤 한마디는 쌓아둔 문장을 덮고 선다

그 어떤 것이 너라면 기꺼이

김은 어떤 밤에 어떤 말로 반짝였고

나는 넘칠 것 같으나 넘치지 않고서

우리가 잔물결처럼 하나가 되어

아주 먼 곳까지 흘러가는 상상을 했다

비록 김이 내 애정의 주인공은 될 수 없지만

나는 김과 잔물결처럼 흘러가는 상상을 했다

불운이 뒤집히면 행운인 거야

비밀이 생길 때마다

마음에 자물쇠가 생긴다

자물쇠가 늘어난다는 것은

키를 든 손이 늘어난다는 것이다

열쇠를 쥐고 네가 빛의 굴절처럼 들어왔다

이번 비밀은 너구나

자물쇠를 주려다 마음을 다 주게 될

혼자와 혼자가 만나서

혼자서는 돌아갈 수 없는 길을

혼자서 감당할 때가 있습니다

이를테면, 당신의 손길을 타는 노란 꽃잎이

도무지 당신보다 봄 같지 않을 때요

당신의 소원으로 빛나는 북두칠성이

어쩐지 당신보다 밝지 않을 때요

당신이 설명하는 바다가

당신보다 깊지 않을 때요

세상의 예술이 온통

당신 생각을 부를 때요

인생은 혼자라 하는데

운명은 자꾸 둘이라는 것 같을 때요

저는 봄이 아닌 당신을 탑니다

달빛이 아닌 당신에게 그을리면서

바다가 아닌 당신에게 빠져, 정서를 해쳤습니다

달리 방법이 없는 사람처럼

속절없이 말이에요

여름의 한낮

계절은 항상 무명으로 다가와 명목을 새기고 간다

이번 여름은 네 이름 석 자가 전부였다

하물며 나는 올여름에 길들여진 사람처럼 열이 올랐다

열의 수

베란다에는 별의별 인격을 스치고 온 바람 냄새가 난다

언덕이 토해낸 노인의 냄새가 지나고

기울어가는 근로자의 냄새 다음으로

그을린 문장 속 이름의 냄새가 난다

우리는 살을 섞듯 말을 섞어서

내 침묵은 더 이상 문장이 될 수 없다

입술이 벌어질 때마다 비집고 들어오는

입술을 그릴 수 없다

네가 뭘 안다고, 너는 아무것도 모르면서,

어째서 알려고 하지 않니, 너는 왜

때마다 비밀을 지키고 서 있어

낯설이 된 비설이 눈가에 날아들었다

네 눈을 오래 바라보면서

그 눈에 감금되는 게 좋았다

아홉 해가 지날 때까지 꼬박꼬박 모아둔 별자리를

네가 한 손으로 할퀴고 갔다

시시했다 어둠에서 어둠을 보는 일이란

적적한 그림자가 얼굴을 껴안은 날

얼굴이 무지근해져 엎드리고 싶은 최후의 날

등 뒤에서 센서 등이 켜진다

너는 누구에게나 선량하고 자상하지, 그거 되게 별로야

너는 떠날 테지만 아주 가지는 않을 사람이고

이제 내 둘 곳 없는 열의를 베란다에 세워두기로 한다

까마귀의 까막눈

이 도심에서는 외울만한 이름은 없고 아무개뿐이다. 아무개가 믿는 것을 아무개가 의심한다. 아무개는 더 나은 날을 기대하고 아무개는 날마다 일어날 나쁜 일을 예감한다. 구상적인 열등이 아무개를 다독이고 구체적인 우월감이 아무개를 처박았다. 아무개가 떠난 곳에 아무개가 자리 잡는다. 아무개는 스크린도어가 내뿜는 열을 덮고 잠들며, 아무개는 응원하듯 성큼 다가간다.

이봐요. 이보세요. 아저씨, 여기서 잠들면 까마귀인 줄 압니다. 당신 같은 사람들, 이 도시에선 흉조라고요. 왜 그러고 산답니까? 가족은요? 친구도 없나요? 마흔두 살이 그런 표정으로 있으면, 그렇게 까만 얼굴로 살면, 죽지 못해 사는 젊은이들은 어떻게 더 삽니까? 우리가 뭘 믿어야 하냐고요.

아무개가 눈을 뜨자 하얗게 눈부신 눈망울이 아무개를 간

지럽힌다.

애, 까마귀를 알아보는 건 까마귀란다. 너도 무리를 잃은

모양이구나.

가정법

지저분한 인생을 들킬 때마다 천성이라고 떠벌리고 다녀

태어났다는 이유로 사랑을 벌칙처럼 받아냈어

너 같은 사람이 다감하게 다정을 베풀면

나 같은 사람은 정전기 튀듯 결심이 튀어나와

향수 뿌린 자리에 화상을 입기도 해

같잖은 희망이 생길 때마다 유서를 써놨지

하루는 익사했고 하루는 투신사 했어

착하게, 열심히, 그렇게 살아내면 뭐 하니

하루는 너 같은 사람이 불에 태워버리는데

잘 포장해놓은 인생이 남의 손에서 망가질 때

난 그냥, 얼굴을 어떻게 해야 될지 모르겠더라

한참 거울만 봤어, 얼굴이 꼭, 아버지랑 똑같더라고

그놈 인생도 이렇게 망가진 걸지 몰라

어디 있었니? 너 찾으려고 목성까지 다녀왔어

거기선 미련이라는 입술을 있는 힘껏 밟아버렸어

말했잖아 어떤 사람들은 천성이 나빠서

사랑을 사랑으로 받아먹질 못한다고

사랑은 꾸준히 분노가 되고 공포가 되고 허무가 된다고

너 찾는다고 하도 돌아다녔더니 키가 작아진 거 같다

얼마나 기다렸을 거 같니? 내가 널 찾아 헤매는 동안

너는 죽어 있었어야 했어

그게 아니라면 말이 안 될 정도였어

그저 가뿐하게

문지방을 베고 누워

미신을 퍼뜨려요

믿음에 대한 구절을 농담으로 써먹어요

믿을 수 없어서 믿고 싶은 것들을

푹 꺼진 행간의 멱을 잡아

실없는 장난으로 끌어올려요

믿을만한 게 없어서 아무거나 믿고 싶은 마음을

우스꽝스럽게 바라봐요

세상의 극단적인 진실들이

계모처럼 구박해올 때

아무것도 모르겠단 얼굴을 연습해요

맹랑하게 서서 맥락을 끊어 먹어요

가볍고 시답잖게

버거운 것들을 그저 가뿐하게

마침표

시집의 배를 가르면

시인이 사랑한 것들이

소각되기를 기다리고 있다

푸르고 선명하길 사양하며

까만 점이 되어

날아가려 한다

날아가서 무얼 하려나

날아가서 무얼 할 수 있나

여기 다 두고 날아가서

대체 무얼 하려는 것일까

시인은 마침표를 지워버린다

그리하여 이 빌어먹을 밤에는

아무도 타들지 않을 것이다

우울을 즐기는 방법

살다 보니 우울이 돈이 될 때가 온다며

이제는 우울을 즐길 수 있게 됐다는 너에게,

사람이 밝다는 건 어떤 걸 뜻하는지 너는 알고 있었니

어둡다는 게, 한 이름이 가위처럼 밤을 짓누른다는 게

날카로운 얼음덩어리를 우물거리며

새하얀 등을 기어이 등진다는 게

서른을 앞두고도 엄마를 부르고 무릎을 안는다는 게

테두리가 없어 자꾸만 흘러내리는 하루를 참는다는 게

잘 가다가도 보랏빛 새벽에는 참을 수 없음에

기어이 담배를 챙겨 밖으로 뛰쳐나간다는 게

그렇게 나간 곳마다 불이 없어

모르는 사람을 붙잡고 불행을 빌려 쓴다는 게

왜인지 타고난 소질처럼 느껴질 때 말이야

덜 익은 밥알 같은 우울이 입 안 가득 몰아닥쳐도

잘 익은 명랑을 찾을 필요가 있었을까

그렇게라도 사람은 사람과 살아야 하는 거니

덮어쓴 열정이 허덕이며

우울이 되어도

우리가 그걸 즐겨도 되는 걸까

더는 앉아서 쉴 곳이 없어

서서 죽어갈 때마다 너를 찾고 싶다는 말을

썼다 지운다

울어야 할 것 같다

모르는 것을 모르는 채로 내버려 둘 것

살다가 보면 이 넓은 세상을

가득 채우는 사람을 만난다

세상은 그 사람 하나로 인해 좁아지고

중요한 것들이 먼저 좁은 세상을 비집고 나간다

너를 잃지 않으려고 나는

얼마나 많은 나를 잃어 왔나

그러나 나를 버리지 않으려 할 때도

나는 얼마나 많은 너희들을 버려야 했나

주워 담을 수 없는 새빨간 말들을

뚝뚝 흘리면서

여지없이 떠오른 해가 여지없이 저물고

정신을 차리고 보면

좁아졌던 세상이 휑하니 비어 있다

서운한 골목

동녘으로 휜 전봇대 아래

덩그러니 버려진

그 옛날 나였던 것을 마주한 나는

동녘을 등지고 중얼거렸다

아무것도 모르는 채

기다리기만 하도록

내버려 두자고

그곳의 뱀

그 애가 기대고 싶은 곳은 자기 자신뿐이라

뱀처럼 똬리를 틀고 잠에 들었다

걔는 밤새 하고 싶은 말과

할 수 없는 말을 분리하다

뱀처럼 갈라진 혀로 입술만 축였다

걔는 새벽마다 서쪽으로

흘러가는 고백을 붙잡다가

뱀처럼 귀머거리가 되었다

사람들을 껴안을수록

망가지는 것 같다고 했다

뱀처럼 독을 품은 것 같다고 했다

나는 걔에게 그 사람들은 전부

녹아서 말랑해진 플라스틱이며

진짜는 너 하나라고 알렸다

그러자 그 애는 허물을 벗고

뱀처럼 나의 몸을 기었다

피가 통하지 않아

검붉어진 피부 위로

그 애가 오래 머물 것을 각오했다

나는 말랑한 플라스틱 보다

까끌까끌한 비늘에 입는 상처가 차라리 나아서

걔에게 오래 아플 것을 다짐하기도 했다

그 애의 등 뒤에서 교차된 양팔이 저릿할 때

서서히 말랑해진 플라스틱이 떠올랐지만

찔려 죽은 것들 보다야

찌르는 것에 어쩔 수 없이 반하곤 했다

기쁘지 아니한가

부리가 많다. 바퀴가 많다. 사람이 미쳐 나아갈 수 없이, 사람이 너무 많다. 발에 챌 정도로 많았다. 당신은 문득, 생각할 겨를도 없이 죽어가는 사람만 보이는 것 같고, 살아가는 사람은 전부 도망한 것처럼 느껴진다. 그 많은 사람들이 지탱해 오르던 난간은 하필 당신 차례에 흔들린다. 쇠약한 난간처럼 당신은 당신에게 기대 꾸역꾸역 올랐다. 잘 살아보려는 의도가 잘 못 살아가는 태도를 비추고 있다. 급기야 당신은 언제부터, 어째서 이 계단을 오르게 된 건지 의문을 가질 때도 있었다.

계단 끝에서 마주칠 눈을 위해 외로이 걷는 것인지.

계단 끝에서 진실을 발설하기 위해 묵묵히 걸어온 것인지.

계단 끝에서 쉬기 위해 쉬지 않고 걸었는지.

계단은 멀쩡한데 당신은 길을 잃은 것 같다. 발이 떨어지지 않았다.

당신은 어디든 갈 수 있고 누구든 될 수 있다고 믿었던 지난날을 상기했다. 한 칸의 얼어 죽은 까치는 '우린 아주 늦었고, 당신은 아주 늙었다.'고 유언했다. 삶의 의미란 계단 한 칸에도 부여할 수 있다는 것은, 사회가 오래 숨겨온 진실이 아닌가. 당신은 죽은 까치에게 묻는다. 한 칸의 가치도 모르면서, 너희가 죽어나간 자리에 계단이 덮여져도 되는가? 사람의 피가 묻은 자리에 난간이 박혀도 되는가? 계단은 누구를, 난간은 무엇을 지탱하는가? 부정한 게 퍽 많고 정의 하나 없다고 생각했다. 입이 떨어지지 않았다.

무력한 무릎을 딛고 선 무력한 손을 거두고 당신은 비로소 난간에 기대 보았다. 비로소, 순식간에, 파리한 기계에 빨려 들 듯 저 너머로 추락한다. 당신은 빠르게 내려가면서 느리게 올라갔던 날들을 상기했다. 엉망이 된 실타래를 갖고 놀 듯 인생을 감상해 보았다. 이제 생각은 멈추고 느껴야 할 시간이라고, 아무나 붙잡고 말하고 싶었다. 당신은

음미한 적 없던 것을 음미하기로 했다. 어쩌면 당신은 그

힘으로 다시 계단을 누릴 수도 있을 것이며

우리는 외롭지 않을 수 있다.

당신은 막막하지 않을 수 있다.

나는 무력하지 않을 수 있다.

정글짐에 갇혔어

아침 공기는 새벽의 낭만이 만들어낸 거죠?

막차 시간을 견디고 있으면 금방 첫차가 떠

우린 그때 움직이는 거야

너를 위해서라면 죽을 수도 있다는 말 대신

너를 위해 살겠다고 말할 걸 그랬네

밤공기가 조금 차갑죠?

따뜻해선 안 될 순간도 있는 거니까

6교시의 몽환을 숨긴 곳마다 그늘이 질 거야

행복한 부자를 꿈꾸던 친구들은 모두 어디로 간 걸까

실은, 네가 무너질 때마다 나도 끝나는 것 같았다

세상은 혼자 살아가는 거라는 말 대신

언젠간 구하러 오겠다는 말을 해줄 걸 그랬네

버릴 거면 안 보이는 곳에 버렸어야지

자꾸만 뻔한 곳에 버리고 있잖아

청춘 같은 것을

무슨 말인지 너는 몰라도 된단다

알아듣지 마 뒤죽박죽 엉망이 된 청년 정책이래

할 일이 태산인데 왜 이렇게 네가 걸리는지

그리운가 보다 더는 시간이 없다는 말 대신

환상을 갖고 낭만을 만들어내라 할 걸 그랬네

허무에서 정성을

하루는 유의미한데

한 해는 무의미하다

하루하루 타는 목을 적실 수는 있었지만

가다듬은 목으로 뱉을 수 있는 말은 없었다

그 애를 이해하기 위해

수많은 오해를 했다

거기까지만 자격이 있었다

그 애를 보내주기 위해

그 애를 떠나온 날

누구에게도 잘못이 없지만

세상은 한풀 잘못되어 간다

아침마다 정신을 차리려고

살아온 생을 차가운 커피에 빠뜨렸다

굴절된 곡절은 왜 이리 예쁜 모양인가

똑바로 보면 유의미한 것이

달리 보면 무의미하다

사랑함은 이 편에서 저 편으로

우울감은 발끝에서 손끝으로

살아 있는 한 계속될 것이다

추워하면서 더워하면서

따뜻함으로 시원함으로

삶은 계속될 것이다

우리는 별 수 없이 살아서

좋아하는 것을

좋아하는 만큼

좋아하는 수밖에…

나라는 땅에 심어진 너라는 나무

한자리에 길이길이

모든 것을 목격한 나무를 보는 기분이었을까

내가 너를 보면서 처음 느꼈던 감정은

너에게는 동그란 것이 하나도 없다

세모뿐인 상념이 찰나에 겹쳐 설 때면

내 보기엔 별처럼 애틋하기도 했다

언젠가 내 쪽으로도 반짝여주지 않을까

생각하면서 빼곡한 세모를 동그랗게

품는 장면을 그렸지

인간이 세상을 더럽히는 짓

세상이 인간을 꼬집는 짓

거짓만큼 치명적인 진실을

너는 길이길이 나무처럼 지켜보았을 것이다

흡수하지는 않고

이따금 세모난 양심에 찔려

밤새 아팠을지도 모른다

너는 무척이나 복잡한 사람이지만

인생을 복잡하게 살아가진 않는다

난 길이길이 너의 애틋한 생을 사랑하게 된다

고질적 터닝 포인트

비가 억수 쏟아지는 저녁에

우산 하나에 우리 둘 몸을 욱여넣고

강가에 가자

강가에 가서

빗물을 받아내는 강물을 보자

실은 나 작년에 여기서

저 비처럼 빠르게 사라지고 싶었어

홀로 은밀한 방울처럼

그런데 우리 이렇게 몸을 붙이고 있으니

희한하다

빗물을 받아내는 저 강물이

보글보글 냄비 속 같은 게

빗물이 더 이상 시체가 아니고

소금처럼 느껴지는 게

집에 가자

집에 가서

우린 따뜻한 저녁을 차리는 거야

자고 일어나면 사라지고 없는 것들

어떤 눈알은 쏜살같이 지나가고

어떤 눈알은 모든 시간을 누르고 있다

너는 사방에 널린 눈알을 엮으면서

이건 사실 멸종 위기라고 했다

호박색의 눈알을 가운데에 끼우고

검은색 눈알을 양쪽으로 엮으면서

멸종 위기가 무슨 말이냐면

반드시 지켜야 한다는 거야

그렇게 말하는 눈알이 어두웠다

캄캄하고 막막해서 모든 빛을 비췄다

나는 네게 눈이 부시다고 했다

눈꺼풀을 잃은 눈알들은 서로를 주시한다

감을 수 없으니 볼 수밖에 없다

너의 어두운 눈알을 오래 보고 있으면

무시무시해졌다 그것은 몰락이었다가

낭만이었다 명료하고도 몽롱한 것

나는 그 막연한 눈알 속으로

굽이굽이 들어가고 싶었다

차곡차곡 쌓이고 싶었다

다시 한 번 사랑 타령 같은 것을 해보고 싶었다

우리는 서로를 주시해야 돼

내가 너의 원인이 되고

네가 나의 결과가 되면 어떨까

우리들이 갑자기 사라지면 어떻겠니

내가 너의 눈알을 멸종 위기라 부른다면

다른 사람도 아닌 내가

너의 눈을 지켜야 한다고 말해준다면

오직 나만이 할 수 있는

가로등 불빛은 견디고 있다 어둠을

어둠 또한 견디고 있다 어둠을

연필심은 견디고 있다

제게 둘러싸인 나무를 견디고 있다

나무도 견디고 있다 제게 박힌 심을

흥건한 인생은 견디고 있다

어느덧 말라가는 인생을

견디고 있다 인생은 인생을

어느덧 늙어가는 부모는 견디고 있다

자신을 닮아 속을 파고드는 자식을

자식도 견디고 있다 부모의 궤도를

핏줄은 핏줄을 견디고 있다

젊음은 견디고 있다

쉽게 뜨겁고 쉽게 차가운 젊음을

아무거나 되고 싶지 않은 자신을

세월은 견디고 있다

어렵게 달구고 어렵게 식히는 세월을

아무것도 되고 싶지 않은 자신을

어둑한 청년은 견디고 있다 어둑한 제도를

세상은 견디고 있다 세상의 중심을

나는 중심을 잃고

나를 견디고 있다

금빛 구렁이

시장에서 삼천 원어치 산 가을로

오래오래 저녁을 지어 먹는 일

몸 안의 열기가

몸 밖의 열기보다 뜨거워

물기를 안쪽으로 꾹꾹 삼키는 일

밤새 뒤척이는 바다를 재우려

식은 몸으로 뛰어드는 일

그러고도 다음 날 아침이면

날카로운 눈빛에 찔리면서

간지럼을 타는 일

외로운 건지 이로운 건지

금빛 구렁이를 몸에 칭칭,

목숨 걸고 마음을 거는 일

사랑이라도 하겠다

애인의 눈이 나를 지겨워하면

나는 그 싫증을 편안함이라 생각하겠다

만일 애인의 두 눈이 정말 나를 지겨워한다면

오랫동안 나만 지겨워하길 바라련다

애인의 눈이 전봇대 아래에 나를 버리고 간다면

나는 열 번 스무 번 다시 돌아가는 길을 외우겠지만

그대로 애인과 함께 나를 버리는 산책을 하는 날이 와도

좋겠다

애인의 눈이 차갑다가 점점 차가워지다가 꽁꽁 얼어 깨질

눈이라면

우리 집 한복판에서 깨졌으면 좋겠다

애인의 동공에 찔려 애인의 손과 춤을 추는 꿈이라도 꾸고

싶다

애인의 눈에서 굳혔던 마음이 녹아 흐르면

나는 그 턱 끝에서 낱낱이 젖겠다

여름의 수박처럼 복숭아처럼 달달한 울음이

치명적인 독이라도 좋겠다

애인의 눈이 매일 나를 살해하여도

나는 멍청하게 앉아 죽는 시늉이라도 하겠다

고통에 취하는 척이라도 하겠다

그러다 애인의 입술마저 콜록대며 나를 뱉어내면

나는 돌아서서 잊고 다시 돌아서서 사랑하겠다

세상이 재미없어서 사랑이라도 하겠다

아침의 버찌

낭만을 좋아해요

오직 낭만적으로 태어나려 전생을 서성거렸어요

그러니까 고통이 없다면 낭만적일 수도 없어요

봄이라는 것은 당신에게서 배웠지요

봄과 낭만은 아침의 버찌 같고

당신은 아침마다 제게 고통을 주서요

입안에 가득했던 것이 그리워서

텅 빈 입을 열 수가 없어요

이번 생은 내내 공허일 거예요

당신을 좋아해요

사랑은 비물질

내가 준 마음을 너는 택시에 놓고 내렸겠지

그건 사람들의 발치에 실컷 굴러지다가

하수구에 떨어져 지하세계를 누비고 있을 거야

네가 들어 있는 마음을 네가 버리는 건 어떤 기분이니

어둡고 습한 지하 세계를 반짝이는 내 마음은

모퉁이를 도는 순간 마주칠 것들을 기대할 거야

머리 위에서 시속 70킬로를 달리는 세단을 느끼고

칙칙하게 죽어가는 능소화를 보며 감명 받겠지

네게서 버려진 내 마음은 무중력이 된 채로

변함없는 낭만을 누릴 거다

그리움 그리기

여름에는 절대 볼 수 없는 눈이

보고 싶어지면

기적처럼 눈이 오길 바라지 말고

눈이 오지 않는다는 사실을

머릿속에서 지워 보렴

하얗게

하얗게

지우다 보면

온 세상에 눈이 올 거야

무수한

한 사람을 꾸준히 앓다 보면 한 사람은 시가 된다

매일같이 시를 되새기며 시를 썼다

모레가 없는 삶이 되기도 했다

내일이 지나도 오늘이 될

새로 내놓은 시집을 찾아 읽었다는 문자를 받고

나는 내가 쓴 시가 부끄러워진다

명랑한데 슬프고

외로운데 기뻤다

볕이 들자 시집을 들고 나아가

햇살에 네 이름을 헹궜다

사랑하는 이에게 불면증에 좋은 키위를 갈아 줍니다

뭐라고 부르는 게 좋을까

너의 불량스러운 평화를

백옥 같은 새벽을

배꼽에서 시작되는 희극을

별천지 세상에 딱 하나 남은 너를

다양하면서도 단조로운 너를

나는 너를 뭐라고 부르고 싶은 걸까

내가 너를 부르는 것은

네 귓가에 닿기 위함이 아니고

생선 비늘만큼 버석한 내 입가에

단 한줄기 물 같은 것이다

그야말로 은근한 한 방울이 아닌

세찬 폭포수 따위의 물줄기 같은 것이다

너는 어떤 발음으로 어떤 이에게 불렸었나

나는 네 몸의 까만 점을

손가락 하나로 살금살금 잇는 방식으로

잠들지 못하는 너를 불러 세우기로 한다

불가해한 여름의 이름

네 말대로 끝나지 않을 것 같은 이 여름도 가겠지

그러나 어김없이 또 찾아올 거야 여름은

그때마다, 풀꽃으로 반지를 만들어주고 싶어

날개뼈를 긁어주는 사람이 되고 싶어

네가 공을 차러 가면 짐을 지켜주는 사람이고 싶어

함께 발톱에 봉숭아 물 들이고 사진을 남겨두고 싶어

네가 낮잠 잘 때 울리던 매미의 허밍을 번역해주고 싶어

식후 30분이 지나면 알약과 미지근한 물을

바로 옆에서 챙겨주는 사람이 되고 싶어

사랑한다는 말은 까먹어도

맛있는 걸 먹으면 꼭 네가 생각난다고 말하고 싶어

같이 죽고 싶은 사람이 아니라

오래도록 살고 싶게 만드는 사람이 되고 싶어

이제 이런 거 그만하고 싶다가도

너를 적고 있으면

세계가 점점 뜨거워지는 거 같아

나는 나이만 먹는 것 같지

너랑 있으면

수박이 밍밍하고 빗물이 달달한 게

너를 버텨야 했다던 유년기에 가서

어리고 여린 너에게 말해주고 싶어

아무도 너를 이해할 수 없는 것 같다는 너에게

너는 커서도 그럴 거야

이다음에 너는, 누군가의 약점이자

불가해한 여름이 될 거다 잊을 수 없이 갸륵한

지구는 너의 빛

내가 지구에 있을 때, 그때 너는 뭐랄까

내겐 도전이었고 성공이며 실패였어

나의 전부이자, 가질 수 없는 것이었지

그 어떤 귀한 것들도

너와 어울리지 않으면 쓸모를 잃을 정도였어

여기 달의 모든 이는, 푸르게 물든 지구를 봐

네가 사는 작은 별에 소원을 빌고 있어

내가 네 얘기를 하면, 모든 이가 푸르게 물든 지구를 본다

사랑을 그릴 때마저 푸른색을 들곤 해

내가 달이라면

네가 달의 모든 것이라는 듯이

안녕 젤리 친구

어젯밤이

지나치게 정갈하고

불온한 온도를 가졌다 해도

우습게 일렁이는 모든 얼굴이

너를 닮았었다 해도

쌓아올린 낮과 밤이

어느덧 어깨까지 찼다 해도

오늘 네가 무사하니

나도 무사히 너를 본다

돌처럼 단단한 것들은

깨질 때 산산조각이 나니까

얘, 우리는 말랑한 젤리가 되자

씹히기 전에 목구멍을 홀라당 넘어가버리는

나긋나긋한 젤리가 되자

혁명이란 소재의 애정도

파도 위에서 넘어지기 위한 달리기도

존재의 기막힌 찰나도

불면의 너를 구할 수 없다는 것을 생각하면

어쩌면 너는 구하지 않아도 될 사람

어쩌면 너는 이기고 지는 게임 같은 건 어울리지 않는 사람

어쩌면 너는 행복과 불행이 차례대로 겨냥한 곳을 빗겨선

사람

어쩌면 너는 비논리적인 황홀에서 죽기 위해 살아가는 사람

어쩌면 나는 네가 살아서 내뱉은 시적인 체취에서

내 몫의 열망을 챙기는 사람

밤이 오면

부산으로 넘어가는 어둠을

부지런히 쓸어 넘긴다

잘 부탁해, 좀 봐줘, 살살해

목구멍을 넘어가는 젤리처럼

안녕 친구, 네가 무사하기를

별 하나에 우주를 보는 일

어제부터 서울에 눈이 온다는 소식을 들었어. 이곳에 사노라면 좀체 눈을 볼 기회가 없어서, 네 동네 눈 소식이 있을 때마다 괜스레 반가운 기분이 들어. 예쁜 쓰레기라고 부르면서도 실내에 들어가지 않고 하얀 주차장을 지키던 네가 떠올랐어. 얼마 쌓이지 않은 눈을 긁어모아 눈사람을 만들고, 흰 입가에 피다 만 장초를 꽂았던 날. 사실 가방에 단 우산이 있긴 했는데 없다고 거짓말 한 거였어. 눈이 비가 되어가는 줄 알면서도. 서울을 떠나기로 마음먹고 난 뒤로는 너랑 안 하던 짓을 해보고 싶었던 거 같아. 나는 잘 지내. 점심에 먹다 남은 감자튀김을 저녁에 꺼내 먹는데, 맛있다는 말을 하는 스스로에게 다정한 기분이 들더라. 다 식어버린 블랙커피에도 치유 받을 줄 알아야 한다고 네가 그랬잖아. 네 덕분이야. 분위기가 비관적일 때마다 나에게 다정한 버릇이 생긴 건. 아무 일도 일어나지 않고 누구와도 연이 닿지 않는 나날을 보내면서 특별한 행운은 없지만 그래도 불운에 이입하지 않으려도 노력해.

너는 요즘도 코코아에 마시멜로를 넣어 먹고 가장 아끼는 시집을 컵 받침으로 쓰니? 내가 그리운 건 이런 거야, 너의 자연스러운 습관과 곁에서 지켜본 사람만이 눈치 챌 수 있는 분위기 같은 거. 너는 내가 갖고 싶은 분위기를 가졌어. 그런 너에게만은 꼭 선량하고 단단한 어른처럼 보이고 싶었지. 오래오래 명랑한 우울로 늙어가는 그런 사람 있잖아. 가끔은 물결 위에서 깨질 줄 알고 딱딱한 도로 위에서 휘청거릴 줄 아는 사람. 당장 깨지고 휘청거리면서도, 내 인생은 망하지 않는다는 걸 잊지 않는 사람. 그래야 꼭 네 분위기와 어울릴 것 같았거든. 난 그런 사람이 될 호기를 놓친 것 같지만, 그렇다고 해서 거짓된 모습으로 대한 적은 없어. 네 앞에 서면 난데없이 명랑해지고 나쁜 말을 할 기회조차 없었으니까. 매순간 진심이었어.

네가 없는 이곳에서는 자주 사는 일이 번거롭게 느껴져.

오래 전부터, 울적하기도 활발하기도 귀찮아서 멍하니 밤이 오기만을 기다렸어. 난 내가 그렇게 조금씩 허물어지고 있다고 생각했는데 어느 날 문득 견고해져 있더라. 아마 한 부류에 속하는 어른이 되어가고 있나 봐. 시시하고 보잘 것 없는 어른이 된 거 같아. 어릴 땐 누구에게나 따뜻하고 싶었는데, 따뜻함이란 스스로 감당할 수 없는 온도였어. 사람들이 괜히 쿨한 척 하는 것도 이해가 돼. 이곳 동료들과도 잘 어울리지 않는 것 같아. 열심히 어울리고 집에 오면 몸살이 난 것처럼 마음이 욱신거려. 자연스러운 사이란 참 어려운 거지. 난 우리 사이가 대견하다고 생각해. 너는 여전히 여러 사람들과 놀고, 무리에 속하기도 하는구나. 바쁜 와중에도 나를 잊지 않고 꼭 찾아줘서 고마워. 계절마다 한 번씩 내려오는 네 편지는 새로 발급 받은 여권 같았고 나는 너의 문체를 타고 갈 수 없는 세상을 여행하곤 했어. 너한테 낭만이 될 수 있는 물건은 뭘까. 딱 한 가지만 챙겨서 저 현관을 박차고 나갈 수 있는, 믿는 구

석 같은 거 말이야. 오랫동안 골몰해왔어. 나에게 낭만이 란 내가 나를 잊으려 하면 어떻게 알고 안부를 물어오는 네 편지인 것 같아. 아침이 퍽퍽할 때, 평화로운 일상이 두 려울 때, 가방 주머니에 네가 보내준 편지 하나를 넣고 보 는 건 내게 별똥별이고 무지개였어. 너도 꼭 잘 지내. 네 편지지에서 샴푸 냄새가 났어. 부드러운 머릿결 같은 글자 들이 잊히지 않아. 네 심중에는 그런 힘이 있어. 게으른 마 음을 일으키게 하는 감동을 가졌지. 그러니까 계속해서 힘 을 내. 허물어지다가도 한 번씩 뒤돌아보고 계속해서 힘을 내는 거야.

그럼 안녕. 우주의 별 하나인 너를 보면서, 너라는 별에 담 긴 우주를 생각했어. 그런 너에게는 무한을 느껴. 늘 그리 운 내 친구, 언제 어디서든 너를 잘 보살피길.

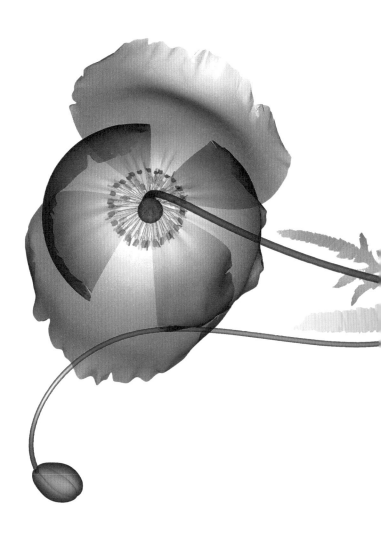

무너진 것들의 소식은 들려오지 않지만

어디선가 굳건히 반짝일 거라 믿으며

2023년 1월

나 선 미